歌集

〈新版〉棄民

佐々木剛輔

現代短歌社文庫

GENDAI
TANKASHA

目次

Ⅰ　国策にのりて

Ⅱ　棄民となりて

Ⅲ　引揚げて

Ⅳ　満蒙開拓国策愚か

I　国策にのりて

②

「満州」へ

国策の満州開拓に父はのり幾多の罪を詫びつつ逝きぬ

父は七十七歳のとき開拓現地を訪ねお詫びをしている。その折の父の歌二首

耕地と家を奪ひ入植せし東洋鬼の責任者なれば手をつき謝罪す

謝罪する吾の両腕支へくれし部落長校長の手の温もりよ

「これで私の戦後は終った」と父は言った。

「満州」を過ぎたることとするなかれ「語れ」と父は額より見下ろす

伊那谷の貧農抜けんと足掻きいし父が選びしは満州開拓

大陸に侵略つづく軍隊に父もつづきぬ拓士となりて
村村を駆けて拓士を募りいし父に侵略の念全く無し
幼子と義母と抱うる母なりき「満州」に不安無かりし筈なし
父勇み母ためらえる「満州」ゆき今生の別れとうからら訪いくる
うからの制止ふりきり拓士とし父は大陸へ渡るを陳べぬ
貧しき村の少女子なりしみつえさん「満州」に胸を躍らせたりしか

雪の夜を養女にしてと父に請う渡満の意志の固きみつえさん

みつえさん養女となりて憧れの「満州」ゆきの願い叶いぬ

荒縄に梱包したる家財具に「満州」ゆきと荷札結ばる

新潟・清津が渡満ルートであった

「満州」へ渡る日の来ぬ新潟に信磨《しなま》開拓団集結したり

ニーハオと小旗ふりふり迎えくれきわれら開拓団「侵略者」なりしを

入植

「満人」の持て成しくれし豚饅頭満州開拓団現地に入りし夜

意気込みて「満州」の地に入植す接収したる土地五町歩に

ひと鍬の開墾もせず肥沃地をやすやすと得しか見渡すかぎり

一躍して大地主とはなりしなり信州山間《やまあい》三反百姓が

メイファーズ土地をとられし張さんは憎きわれらのクーリーとなりぬ

土地とられ悔しさ堪《こら》うる張さんの作り笑顔をわれは忘れず

東《ひんがし》は日出ずる母国と手を合わせ体操をせりき開拓団は

「満州」に新しき村拓かんとラッパは鳴れり共同作業に

サイドカーに厳《いか》つき憲兵疾走す家鴨飛び立ち馬嘶きし

馬の背にブラシをかける若妻は大地に挑む花嫁部隊

「満州」に花嫁となるみつえさんもんぺ凛々しく大地耕す

広かりき畝長かりきゆらゆらと地平の彼方に夕日は沈む

黒土に実りし蔬菜のおおかたは関東軍の食料となる

暁方に馬車に瓜積み朝市に靄の中をゆく前にも馬車はゆく

ジャガいもの白き花咲く夏のきて大地は俄に忙しくなりぬ

リージャンにカルチベーターひきゆくは軍隊に在りし廃馬に老馬

アジア号疾風のごとく北へゆくジャガいも畑に手を振り眺めつ

夕焼くる馬車にコーリャン山積みして張さんの膝に揺られて帰りき

秋すでに寒風のきて露地凍り満州開拓団収穫忙し

黒豚を馳走にしたり賑やかに収穫祝いし「満州」の秋

くらし

平原の彼方より馬の近づけり黒き鞄に故国の便り

厩舎にはおとなしき満州馬二頭開拓団の日常の足

ぱさぱさのコーリャン飯に慣れたれば米なるものをいつしか忘る

肉饅にポーミースープの旨かりき家鴨の卵も「満州」の馳走

軍隊の廃馬老馬の肉を得て異常に硬きを懇ろに嚙みし

開拓団トーピーズ積みし土の家豆殻の燃えオンドル温し

三寒の後に四温のくるという眉に霜ふる零下三十度

ほかほかと温もり残るオンドルのアンペラ匂う酷寒の朝

熱湯に下着を浸すたちまちに黒き虱は白くなりたり

夏に蠅冬に虱のいる生活《くらし》一年を経ていつしか慣れたり

酷寒に糞尿凍てつき山なすを鶴嘴に砕きもっこで運びし

信磨《しなま》開拓国民学校

校舎あらず空き家の暗きひと部屋に「満州」の地図なぞりきわれらは

父母《ちちはは》ら煉瓦で建てし学校は信磨《しなま》開拓国民学校

新しき煉瓦の学校複式で開拓の子ら三十五人

子どもらの待ちいる先生三人は満州馬に駆けてくるなり

「満州」の地図を写して赤く塗りき外は吹雪なる放課の時間

白地図の「満州」に赤き色を塗るぬり絵あそびは遊びにあらず

赤々とストーブの燃え二重窓防寒服を脱いで学習

頰を染め手作り橇に興ずるは日本生まれの「満州」育ち

子どもらは満州馬のやさしき目に近づき跨る男子も女子も

満州馬二人乗りして草原に鞭を振る子に手綱さばく子

背丈こすコーリャン畑の細き道開拓の子らの通学路なりき

満州語教えてもらえず覚えしは張さんに真似せしことばの幾つ
小孩《ショウハイ》にことば掛けしは稀にして心通わず五年を過ごす

*

遠き日の赤く塗られし「満州」の地図を探して古書店に入る
天井にとどかん書棚に並びある『満州建国写真集』二冊
古書店の書棚の間に「満州」がありし時代の黴を臭わす

張さん

張さんは垢で光れる袖口に両手を隠しシェシェと笑みいし
うす暗き土間の奥より張さんはライライライと手招きをせし
小孩《ショウハイ》と呼びて肩車してくれし張さんの服の匂い忘れず
張さんの肩にまたがれば襟元に虱の這いて居りしを忘れず
張さんを臭い汚いと横を向き鼻をおさえて部落を通りき

張さんを臭い汚い読めないと見下げし少年われらの傲慢

棒を振るわれらに犬の吠えつきて手をつき謝る張さん哀れ

張さんの時々もらすメイファーズ訳せば哀れ「しかたがないよ」

クーリーの張さん犂引く馬を御しひと足ひと足彼方へ遠のく

張さんは鞭を振りふり馬を御しさくらさくらと〈さくら〉を歌う

張さんの「豆腐豆腐《トーフートーフー》」の声澄めり天秤棒に一斗缶ゆらし

颯爽と小孩《シヨウハイ》ふたり馬を御し入り日に向かい曠野に消えぬ

「満州」の大地に春来てぬかるみに家鴨と豚と小孩《シヨウハイ》戯る

土壁に凭れて陽を浴ぶクーニャンの靴に牡丹の刺繍のありき

纏足《てんそく》の満州婦人着飾りてキセルをくわえアンペラに胡座す

「なきおんな」哀号哀号《アイゴーアイゴー》とつくり泣き笛や太鼓に葬列のゆく

泣き声に満州メロディー聞えきて「満州」の人逝きたるを知る

終戦となる

逸速く南に去りしか関東軍開拓団を置き去りにして

赤紙は「満州」までも追って来て拓士はつぎつぎ戦場へ征く

八月、父にも召集令状がきた

木銃に鎌を結わえて北方へ三十八歳父も戦士に

「北満」へ征きて還らぬ父なりき母はいよいよ肝すわりきぬ

クーリーの張さん俄にままならず母らの不安日毎募りし

「満人」に報復あらんと噂とび主《ぬし》なきあとの母らの狼狽

ソ連機の爆音日毎に募りきていよいよ戦《いくさ》と開拓民は

確かなる終戦の報のなきままに開拓団の統制乱るる

目を細むる満州馬に跨りてたてがみを撫で別れ惜しみき

棄てられて曠野に散るか留まりて集団自決か揺れたるわれら

「満州」に父の抱きしユートピア五年《いっとせ》にして崩れんとする

Ⅱ　棄民となりて

逃避行

戦《いくさ》終わり信じておりし張さんも態度の変るを心做《こころな》しかに

信磨《しなま》団は曠野に散りぬ侵略の負い目のあればひたすら逃ぐる

「満人」は逃ぐるわれらの家に入り家財のあまたを持ち去りゆきぬ

家財具を持ち去る張さんシェシェと逃ぐる前夜を匿いくれぬ

当てのなく母子六人出て行くを張さん門に手を振りくるる

呼び合いてコーリャン畑をさ迷いぬ棄民となりし「満州」の夏

「手をつなげ」団長叫ぶ逃避行コーリャン分けて母の手探しし

母の後につきて兄弟呼び合いぬ迷路のごときコーリャン畑

子の倒れコーリャン畑に狂う女《ひと》「子どもなんか」と前より声が

呼ぶ声は微かとなりぬ幼子はコーリャン畑に迷いて帰らず

畑中に西瓜の見えて足を止む母囁きし盗む手口を

十歳の真夏のかの日「満州」の曠野を逃げて瓜掠めしか

炎天に曠野を逃げて瓜畑に辺り見回し素早く盗りぬ

熟れし瓜両手に握り一散に逃げしかのわが鼓動を思う

おどおど瓜を盗らんとするわれに瓜をくれたる「満州」の人

炎天の曠野に倒れし幼子の眼《まなこ》に蠅は卵産みゆく

日本兵の捕虜の一団に出会いたり「きっと還れ」と叫びて北へ

残留孤児

「遅れるな」前から団長励ませどコーリャン畑にくずおれし幼子

幼子は張さんの馬車にひろわれぬその母伏して手を合わすのみ

幼子を連れきれざりし逃避行母らは悩めりどの子託すかと

張さんのポーミースープに腹満たしその母切り出すしどろもどろに

門前に泣きつかれたる幼児を張さん抱き上げ毛布に包みき

母見えず泣く声も出ぬ幼子は張さんの馬車にひろわれてゆきぬ

中の子はマントーをもらいその母は小声でひとこと満州ことばで

手から手へ児は渡されき母去りて養母の胸に児は目覚めしや

目を瞑り耳を塞ぎて愛《いと》し子を置き去る母はただ祈るのみ

朝《あした》には昨日の幼子見当たらず頷き合いてその理由《わけ》問わず

五人の子連れて還りしわが母に迷いなかりしや誰託さんかと

三十余年後

棄てられて現地にひろわれし幼子は肉親知らず母国を知らず

孤児なるを養母に聞かされ老境に入りて生母を恋いやまぬ李さん

肉親探しに一時帰国した孤児

真実の兄弟なりと明かされてくしゃくしゃ顔に抱き合う二人

僅かなる望みの消えし孤児たちは母国に未練なきがに去りぬ

「満州」の開拓に駆られし三十余万孤児になりしは三千余人ぞ

この傷に見覚えあらん父母なればとズボンを捲り訴うる孤児

映像にもしやと老母は食い入りぬコーリャン畑に子を失いて

再会を果たしえざりし孤児一行養父養母に土産を選ぶ

馬は置き去り

軍隊の廃馬老馬を農耕に頼りたりにし満州開拓

コーリャンを山積みにして馬車帰る馬の嘶き今なお聞ゆ

馬御して彼方より来る郵便夫故国の便りをわれらは待ちしか

棄民となりわれら曠野に散りゆきぬありったけの飼葉を馬に与えて

厩舎には愛せし馬の三頭を置き去りにして家族ら逃げたり

ソ連参戦の報伝われば農耕馬二頭を置きて逃ぐるほかなき

「満州」に軍馬農耕馬幾万を置き去りにして引揚げしわれらか

置き去りにされし軍馬の数千はシベリアへ行きしとぞ貨車に積まれて

置き去りにしてきし馬が「満州」の曠野の夜の目蓋《まなぶた》を駆く

難民寮

西雲寮と言い新京市郊外にあった

開拓者は関東軍にも政府にも棄てられて今は難民となりぬ
まったくの難民となりし開拓者野兎のごとひたすら逃げにき
逃げて逃げて辿り着きしは難民寮アルミの食器にポーミースープ
新京の難民寮に辿り着き見知らぬ人と枕ならべき
子と別れ曠野をただにさ迷いしその母は寮に入るにたじろぐ

難民寮にくる日もくる日も南瓜食べてみな手の平の黄色になりき

仲間ぬけて児を背負う人松花江に向かいて行きてついに帰らずと

難民寮に逝きし子の名を呼ぶ親のかすれし声の今に残るも

前線より還りし男ら難民寮に終戦を知り家族を探す

銃抱えソ連兵ふたり仁王立ちに何かを出せと太きロシア語

ソ連兵をロスケと呼びて怖れしが大き手をもて撫でられしことも

母と姉は髪をおとして男装すソ連兵士の怒声がひびく

ソ連兵に時計さし出しわれらを庇う男装の母声ふるわせて

「満州」に頼りておりし関東軍部隊に兵なく馬の嘶く

内戦のおこりたるらし銃声を難民寮にこもりて聞きぬ

倒れいる八路兵士の顔覗きポケット探りき少年のわれ

内戦の激しくなりて弾のとべば難民寮は外出禁止

鶴嘴に穴掘る凍土またしても同胞逝けり難民寮に

力つき逝きたるを一つ部屋に並べ悲しきことが日常となる

疫病に栄養失調絶えざりき屍並ぶアンペラの上

難民寮に息絶え冷えゆく襟元に虱ぞわぞわ這い出している

冷えてゆく体より虱這い出してたちまちにして温きに移る

難民寮に三百余日を過ごしてきて明日《あす》を語らんゆとりの生《あ》るる

麻袋担《マータイ》ぎ

「満州」の難民たりし幼われ麻袋担ぎ路地さ迷いき

ひろいもの何でも入れんと麻袋を常に担ぎし難民少年

金儲けと聞けば直ちに駆け付くる難民少年逞しかりき

満鉄の貨車よりこぼるる石炭をひろい集めき麻袋担《マータイ》ぎて

土地をとられかつてはクーリー今は地主張さんの指示に瓜を運びき

張さんの豆腐を売りて日銭得てマントー求めてうれしかりし日

新京の南湖のほとり釣り人に蚯蚓《みみず》を売りし難民少年

蚯蚓売り儲けし銭を数えたり目当ての菓子が五つは買える

軍属の逃れし空き家に忍び入り漁り回るを罪と思わざりき

逸速く姿を消しし軍属の官舎に入りて砂糖舐めにき

学校へ通いておらば五年生母の気掛かり表情にみる

難民寮の子どもら集め読み書きを教えてくれし母たちなりき

引揚げ間近

ようやくに引揚げの順回りくるを張さん逸速く知らせてくれぬ

引揚げの間近を伝えくる報のたちまちにして難民寮駆けし

ひとり千円の所持金を許された

バケツ持て金は腹巻に紐を持てと団長険しき引揚げの指示

服を解きわれらのリュックを作る母「満州」立つ日の間近となりて

軍服に毛布を刻みリュックを作る忙しき母に明るさの見えく

大ぶりの母の作りしリュック背負い兄弟五人引揚げごっこ

靴下に煎り豆を詰め手袋に南瓜の種を引揚げ前夜に

「満州」に生まれし妹寿命なく赤き手袋リュックの底に

引揚げの準備に弾む難民寮塞ぐ母あり子を残しきて

難民寮にて女性とその母との別れ

母を抱きさっと還ってよとむせび泣く残留婦人を決意せし女性

張さんのところへゆくという女性に母は襟巻を肩に掛けやりし

十三歳以上で残る女性は残留婦人と言われていた

意を決めて「満州」の地に残る女性十八歳にして残留婦人に

張さんの広き背中の後につきふり返りつつ女性はゆきたり

夫の征きそして還らず若妻は迷いたりしのち残留を選ぶ

大き罪を咎めぬ張さんに戸惑いぬ謝罪《シェツィ》張さん謝謝《シェシェ》張さん

昭和二十一年七月三十一日満州を発った

棄てられてともかくも一年を生きてきて「満州」発ちし朝を忘れず

引揚げ列車

発つ日きてわれらのリュックを馬車にのせて馬御す張さん目蓋に残る

「満州」に償いきれぬ罪のこし帰国するわれらに笑顔みする張さん

引揚げの順巡りきて張さんは幾度となしにさよならを言う

班旗たつ引揚げ貨車の連なりてリュック投げ込み梯子のぼりき

無蓋車はがたんと「満州」の駅を出る謝罪《シェツィ》張さん謝謝《シェシェ》張さん

無蓋車に母子六人かたまりて大陸南下すあの日も酷暑

無蓋車に煌く星を眺めつつ逃避行の跡辿りていきたりき

無蓋車にだるま水筒抱え込みひと口飲みては固く栓をす

停車駅にもの売りにくる中国人あり腹巻の千円しっかりと抑うる

無蓋車に日除けの風呂敷風に鳴りリュックを枕にみな無口なりき

無蓋車の停車のたびに母たちはバケツを提げて水場に急ぎき

無蓋車は駅なき原にも止まりたり人垣に囲まれ用たす婦人ら

万国旗のごとくに下着をはためかせ列車くる日もくる日も南下す

ぽりぽりと南瓜の種を噛む音か闇夜を走る引揚げ列車

無蓋車にみな仰向きて眺めいき母国につづく星ふる空を

無蓋車に入り日を幾度眺めしか大陸南下しコロ島に着く

引揚げ船

コロ島の雑踏のなか団旗みつめ家族六人紐に連なる
いよいよに大陸離れん引揚げ船エンジン鳴る音錨巻く音
甲板に大陸に向け叫びに詫びと恨みとのこもごもの声
歌に躍りに郷土自慢に癒されつつ引揚げ船は母国をめざす
下痢嘔吐伝染病に怯えたり引揚げ船は玄界灘を

疫病の検査を待ちて列なしし茹だる甲板にみな項垂れて

配給の乾パン両手に寄り添いて一つ食べては残りを数えし

子をなくし夫は還らず船底に女はひとり毛布を被る

引揚げ船九州近しと伝わりく帰る所《とこ》ないと泣き伏す女

引揚げ船遥かに山の見えきたり「日本だー」の叫び今も忘れず

眺めいて山はみるみる緑増し甲板に流れき〈富士山〉の歌

疑似コレラ引揚げ船に発生し待ち待ちし接岸延期されたり

逝きし友小船に移され菰被り汽笛に送られ沖へゆきたり

上陸し佐世保の原に飛蝗捕り焼きて食べしが語り種《ぐさ》となる

全身にＤＤＴの粉かぶり満州虱を払いし佐世保

「満州」を引揚げて来し佐世保の夜泣きぬ笑いぬ怒りぬ詫びぬ

リュックサック一つとなりて引揚げぬ還れざる同胞「満州」に残して

ふるさとへ

引揚げの同胞と佐世保に別れたり家族六人帰る家ありき

ふるさとへ列車向かうとき母の顔徐々に徐々に強張るを見き

引揚げ者とひと目でわかる身形《みなり》して母子六人乗る飯田線

「満州」よりようやく還りてふるさとの門島《かどしま》駅にかなかなを聞く

引揚げを喜びくれしは幾人か素っ気なかりし行き交う人ら

六人の引揚げ家族に「おやすみなんしょ」天竜の橋に逢いし里人

引揚げて母は忘れじ「満州」にひと旗上げんと発《た》ちし日のこと

引揚げの家族六人は穀潰しか生家の引戸にひそと手を掛く

「満州」の野望は消えて引揚げし惨めさに堪え引戸を引きぬ

引揚げの六人家族迎えくれ「よかったのう」と祖母のひとこと

頭垂れて家族は敷居を跨ぎたり「まああがりな」と叔母が手を引く

「満州」の思いの詰まるリュック背負い俯く母のあとから五人

ともかくも生きて還りぬ形なき土産の数多リュックにつめて

五人の子無事引き連れて還りしは母の手柄と身寄りの称う

五人の子欠かすことなく連れ還る俯く母に誇りのありき

為政者の罪こそ重けれ侵略に棄民難民思いて身ぶるう

Ⅲ　引揚げて

引揚げ者

引揚げて兄弟五人それぞれに身寄りに一時引取られたり

男装が板につきたる母なりき男に混じりて砂防の人夫

シベリアに未だ還らざる父なりき生活保護を受けるほかなき

引揚げのリュックを解きて服作る父の還るを母は信じて

会うたびに「満州」言わせたき村人に母は俯きわれは語りき

兄弟は時に会いたり語らうは「満州」忘れ食べ物のこと

暮るるころひばりの歌に癒されし引揚げ少年サーカス知らず
美空ひばり

「アスカエル」父よりの電報《しらせ》に落ち着かぬ母はその日も日雇いに行く

シベリアより父還り来ぬ振り出しに賽をころがす家族の行方

引揚げて借家住まいに引きこもる村人に会うを厭いき父は
父はいくつもの開拓予定地を回った

折折に父はいずくへか出で行きぬ再起の夢を家族は知らず

引揚げてかわいそうという同情はちくりちくりの苛めに似たりき

教室に弁当消ゆることありてちらりちらりの視線怖かりし

ラジオより〈笛吹童子〉流れきて引揚げ家族鍋を囲みき

さつまいも二つに割れば黄色くて両方食べし戦後の幸せ

包み紙たてて弁当開くとき最も辛かりき少年われは

なによりの幸せ覚えき満腹の代用食の旨きあれこれ

遠足にだるま水筒軍帽の引揚げ少年写真の隅に

引揚げて俯く日々に耐えられずふるさと厭う一時期ありにき

だるま水筒

飯盒にだるま水筒納屋にあり国防色にわれは馴染めず

うす暗き納屋の柱にぶら下がるだるま水筒をまた撫でんとす

もういらぬだるま水筒ごみに出し身辺さっぱり戦後を洗わん

戦争の遺物はおおかた失せれども苦き悲しき記憶は消えず

「満州」の入り日は大きく輝けり思いつつ今日の落日仰ぐ

地球儀にコロ島を探す「満州」に罪を残して離れし港

無蓋車にかつて眺めき満天の星は冷たく今宵も光る

残留の孤児を免れ生ききたる兄弟四人が碁盤を囲む

五人の子無事引き連れて引揚げし鴨居の母は微笑みて見ゆ

茹でたての新ジャガ供う折にふれラーゲルの芋語りし父に

軍帽

キャベツ葉を青虫は食む「満州」をみごとに描き華北へと迫る

この鎌も兵器でありし「満州」に出征の父の木銃の先

駅うらの丘に残れるトーチカに子どもら寄りて綜合学習

胸のうち六十余年仕舞いきて古老は吐き出す兵士の五年

星むしり軍帽かぶり引揚げし祖国に軍帽すでになかりき

軍帽の遺影は見下ろす三人の曾孫はどの子も戦にやるな

軍帽脱ぎ農となりたる父しみじみと麦藁帽子が似合うと言いき

仕舞いきて胸につかえるシベリアかぽつりぽつりと父は吐き出す

湯殿より父口遊《くちずさ》ぶ歌聞ゆ〈異国の丘〉は二番にうつる

どなたでもどうぞと貼らるる案内にドアを押したり九条の会

声に出し憲法前文読み返す「崇高な理想達成を誓う」

九条は変えてはならじと署名簿に楷書できっちりわが名を記す

音のなくゆったり飛ぶは貨物機か普天間の空を思いて眺む

信磨会

生きのこり生きのこりして引揚げし信磨《しなま》開拓団浅間に集う

「満州」に幼児抱きて長尾さん月夜に歌いき〈愛染かつら〉を

引揚げてまた開拓の小林さん乳牛百頭高原に放つ

満州馬乗り回したる久保田さん父亡き後も賀状の届く

シベリアより生きて還りし父なれば〈異国の丘〉を歌いきりたり

信磨会富士の裾野に集いしは生活《くらし》定まる二十年目の夏

信磨会二世三世の顔も見ゆ辛苦の数多真顔で聞き入る

開拓現地は今

平成十三年九月十二日～十九日、中国東北部の開拓現地を訪ねる

明日立たん生きて還りし兄弟は苦き思いの「満州」の地へ

一面に向日葵の咲くその上をゆらゆらゆらと大き入り日よ

「効きますか」足裏を押す張さんの指圧を受けて明日はハルビン

北京にて

飛行機は「満州」に入りぬアナウンス機内に流れて身の強張りし

山々の狭間に畑見えてきぬ北満開拓生活《くらし》の跡らし

雲海をぬけて現わる光りしは永く思いいし松花江らし

北満のコスモスの咲く平原に開拓民は自決せしとぞ

ハルビンの風に揺れいるコスモスは開拓民の鎮魂の花

きらきらと入り日の映える松花江母子の入りて帰らざる河

ハルビンのこの平穏は不気味なり開拓民のかつての地獄

ハルビンのいずくの地にも難民の鎮魂の碑についぞ逢わざりき

シベリアへ向かう捕虜らと今生の別れ交わししハルビンの駅

シベリアへ向かう捕虜らは難民に腹より叫びき「日本へ還れよ」

移りゆくポーミー畑に幻の開拓難民見え隠れする

関東軍司令部跡を睨みやる開拓団を見棄てし怨み

ああ南湖身分の違う釣り人に蚯蚓《みみず》を売りし難民少年

今日ひと日ツアーを外れ新京の開拓現地を訪れんとす

張さんのガイドによりてタクシーは行きつ戻りつ現地を探す

この辺り信磨《しなま》開拓地かこの辺りアジア号に手を振りし記憶よ

ようやっと記憶は現地と重なりぬ信磨《しなま》開拓団この地で生きし

開拓の面影はなし確かなるは東《ひんがし》に列車西に大き日

黒土を踏みしめてみき黒土を握りしめてみき「満州」の土

しばらくを大地に佇みひと握り土さらさらと封筒に収む

開拓のかつての住まい今はなく形の揃う家並びおり

馬を御すかつての小孩《シヨウハイ》見当たらず一人っ子策のスマートな子ら

張さんに少し汚れた張さんに逢いたく来しが願い叶わず

無蓋車に空腹酷暑によくぞ耐えし引揚げ思い列車にゆらるる

列車いま柳条湖にさしかかる侵略戦争勃発地点
計らずもこの日は九月十八日であった

アジア号牽引したるその雄姿機関機関車パシナ瀋陽にあり

錆の浮く機関車パシナ威風あり畏れ近寄り車輪を撫づる

アジア号に「満州」縦断夢なりき叶わざりしもパシナに触るる

封筒のひと摑みの土黒き土罪の染み入る「満州」の土

「満州」の開拓現地の黒き土永く待ちいし父母に供うる

「満州」の土となりたる同胞の叫ぶ声聞ゆ耳を澄ませば

引揚げ記念館

引揚げの記念館を訪わん「満州」への思いをのせて「まいづる一号」

舞鶴の港に浮かぶ護衛艦引揚げ船に重ねて眺む

舞鶴は父の還りし港なりシベリアラーゲルに三年在りて

シベリアへゆきて還らぬわが子ありここが舞台か〈岸壁の母〉

「満州」の重き事実を確かめん氷雨をはらい重きドアを押す

「満州」の過去を記せる年譜あり侵略、終戦、難民、引揚げ

記念館孤児を象《かたど》る人形の前に老母は釘づけとなる

展示さるる破れし靴の一足にじわじわ浮かぶ「満州」逃げし日

死ぬことの怖くはなくて生きること天に任せて曠野を逃げし

コロ島に乗船を待つ母子五人紐に連なるパネルはわがこと

ため息のもるる老女の後につき頷きながら記念館巡る

シベリアの使役はきつし酷寒に丸太引きゆく痩せし二人は

座り込み資料を写す人のありシベリアに逝きし戦友《とも》を探して

引揚げの二世かあるいは三世かじっと見詰める破れし軍靴を

晩飯かアルミの食器に盛らるるは父の語りし硬き黒パン

ラーゲルに倒れし捕虜の幾万の集団墓地は雪に埋もるる

ラーゲルに三年在りて還りし父辛きも苦しみも語るを厭いき

語りべ　1

平和都市を宣言したる豊川の戦争語りべに登録をせり

豊川は海軍工廠ありし町数多の少女ら逝きし都市なり

「満州」をいかに語るかキーワード五つを選び構想を練る

「満州」を鞄につめて生徒らの待ちいてくるる校門を入る

「こんにちは」落葉掃く子ら手を休め語りべわれを迎えてくれぬ

「満州」のふた文字楷書で板書して六十八人をぐるっと見回す

生徒らの眼《め》は笑みており「満州」の悲劇を知らぬ幸せな子ら

教具とて遺物となりし掛地図に「満州」の位置生徒らに指す

引揚げの体験を語らん「満州」を逃げて生き残りしを語りべとして

難民となりて母子の逃避行結末案じ強張る眼《まなこ》

おもむろに残留孤児を語るとき生徒らいつしか正座となりぬ

残留の孤児となりたるその理由《わけ》を聞きつつやがて頷きくるる

引揚ぐる人らの生死「ほんとだよ」念おすわれに生徒ら頷く

「満州」へ軍に違《たが》わぬ開拓団土地奪いしを子らに伝えん

「満州」の土地を奪いし理不尽を半信半疑に生徒ら聞きいる

戦《いくさ》終え満州人の報復のなかりしことを生徒ら疑う

語りゆき徐々に落ち着きわが声のわれの耳にも聞えはじむる

戦争を再びしない幸せを伝えんとして九条語る

戦争のできない国を続けんと語気を強めて語りを終えぬ

教科書になきこと知りぬと代表の終りのことばありがたく聞く

聞き終えて生徒ら普段にもどりたり何やら空しく教室を出る

後ろより拍手の聞ゆ生徒らを振り返り見て一礼をする

この子らの年齢《とし》に少女ら工廠に鉢巻をして兵器作りいし

語りべ　2

三階の窓より手を振る子どもらの五年一組われゆくところ

教室のドアを開けたりわあわあと熱気あふるる五年一組

子どもらの三十八人固唾のむコーリャン畑にはぐれし結末

シベリアを言えば咄嗟に前の子が「おじいちゃんも」とぽつり呟く

「満州」の大き夕日の壮観さ喩えのなくて両の手で円《まる》

熱湯にシャツを浸して虱とる聞きつつ子らは体くねらす

「父《とう》さんは満州人の畑盗った」ことば強めて子らに語りぬ

畑盗りてクーリーとせし張さんを語れど子らは腑に落ちぬ顔

子どもらはひそひそと言う「かわいそう」残留孤児も「満州」の人も

馬を御し大地を駆くる小孩《シヨウハイ》を「かっこいいな」と子らは声に言う

「満人」を字が読めないと見下げるはひどいひどい子どもら怒る

「満州」の事実はぴんとこぬらしく昔昔のことと し聞くや

子どもらは「満州」の話聞き終えて大きく伸びをし帰りの仕度

「満州」の惨きを聞きて散りゆきぬ地雷を知らぬ子らの幸せ

窓に寄り手を振りくるる子どもらに満たされ帰る語りべわれは

いつの日か「満州」聞きしかの頃をひとりかふたり思いてくれん

この子らに徴兵検査も赤紙もなき安心を続けてゆかん

語りべ　3

初任校思い出多し一宮中語りべとして要請のあり

生徒らに残留孤児の事実を伝えんとして実例選ぶ

新卒にて「満州」語りし教室にその孫たちに再び語る

新卒で兄貴気分のわれなりきその孫たちはおじさんと呼ぶ

引揚げ船九州間近に逝きし友を葬る話に生徒ら強張る

残留孤児そのことばすら知る子らのすでに無くして「満州」遥か

生徒らの感想文集届きたり感じる心の数多に触るる

いつの日か思い浮かべよ「満州」の惨きを聞きし中二の夏を

後遺症（長歌）

侵すなど思いもよらず　貧農は「満州」へ渡り　「満人」の宝の土地を　有無もなく接収なして　夢叶い地主となるは　国策の満州開拓。　張さんを臭い汚い　読めないと見下げおりしが　張さんは笑顔をつくり　メイファーズと〈さくら〉を歌う。　戦《いくさ》終え開拓民は　棄てられて曠野へ散りぬ　「満人」に秋男はひろわれ

力つき靖子は死んだ。　引揚げの無蓋車南下　引揚げ船玄界灘

を　黒き山ぞ母国見えたり　甲板に〈富士山〉歌う　ふるさとへ

還るうれしさ。　還れざる同胞のあり　「満州」の後遺症重く

癒えぬままわれ永らえて八十路みえくる。

反歌

「満州」に棄民となりし開拓民怨みはすでに風化されしや

語る

「満州」に難民となるあの夏を生きのびたれば八十路みえくる

丹後より入り日を眺むその彼方第二のふるさと「満州」のあり

「満州」の謝罪謝謝《シェツイシェシェ》知るかぎり詠みておきたし孫子《まごこ》のために

「満州」を詠みたるわが歌うそっぽいと評する人あり悲しみて聞く

目覚むれば引揚げ船に逝きし児の海に漂う夢の悲しさ

「満州」の惨を語りてきしわれを父はまだまだと緩めてくれず

「戦争の語りべ」から「平和の語りべ」に呼称が変わった

「満州」を機会のあらば語らんと「平和の語りべ」に登録つづく

「今さらに満州」などと言う人ありそれでもやはり語りつづけん

満蒙開拓平和記念館

全国唯一の記念館、長野県下伊那郡阿智村に平成二十五年四月二十五日開館

信州の伊那谷に在りし貧農の不屈の農魂「満州」に賭く

国策の満州開拓貧農の父の乗りしは止むを得ざりき

三反の農思い切り「満州」へ王道楽土に夢みし哀れ

やっと建ちぬわがふるさとの伊那谷に満蒙開拓平和記念館

伊那谷の民間人《びと》の執念が満蒙開拓記念館を建つ

国の手で記念館建てて欲しかりし満蒙開拓は国策なりしを

遅かりし満蒙開拓記念館開拓民はおおかた逝けり

結末は棄民とされし開拓民満蒙開拓国策愚か

過ちは繰り返しません侵略の報いは重く拓士は棄民

花桃の花咲く卯月阿智村に開拓記念館開館となる

記念館へ電車に揺られ三時間「満州」の五年をつらつら辿る

日を受けて今輝けり九文字が満蒙開拓平和記念館

阿智村に土色の壁記念館そっと手を当て「満州」偲ぶ

「どちらから」声を掛ければ「京都です」孫に連れ添わる拓士たりし人

「満州」に家族つぎつぎ失いてひとり還ると涙の証言

記念館巡りてベンチに語らうは老女と少女パンフを手にして

後ろより声掛けくるる人のあり曠野逃げしを互《かた》みに語る

先代を思いて二世か見詰めいる子を引き逃げるもんぺの女性を

「満州」の土となりたる開拓民安らかにあれと鎮魂碑立つ

鎮魂と刻まるる碑のどっしりと「満州」在りし西を向きおり

昭和二十年八月十四日　日本外相訓令
昭和二十年八月二十六日　関東軍大本営参謀報告

開拓民われら現地に留まるを望みておりしかわれらの政府は

敗戦の処理に追わるる国なりき海外引揚げ重荷の一つか

敗戦後もわれら現地に留まる望めるというか棄民ならずや

杉材の香り漂う記念館開拓民は素朴でありき
土地とられ悔しさ堪《こら》えいし張さんを思いながらに記念館を出る

Ⅳ　満蒙開拓国策愚か

歌集『棄民』より

名古屋男声合唱団により「委嘱創作曲」として歌われた二十首を再掲する。

ニーハオと小旗ふりふり迎えくれきわれら開拓団「侵略者」なりしを

ひと鍬の開墾もせず肥沃地をやすやすと得しか見渡すかぎり

ジャガいもの白き花咲く夏のきて大地は俄に忙しくなりぬ

夕焼くる馬車にコーリャン山積みして張さんの膝に揺られて帰りき

土壁に凭れて陽を浴ぶクーニャンの靴に牡丹の刺繍のありき

白地図の「満州」に赤き色を塗るぬり絵あそびは遊びにあらず

「満州」に父の抱きしユートピア五年《いつとせ》にして崩れんとする

＊

呼び合いてコーリャン畑をさ迷いぬ棄民となりし「満州」の夏

まったくの難民となりし開拓者野兎のごとひたすら逃げにき

「遅れるな」前から団長励ませどコーリャン畑にくずおれし幼子

目を瞑り耳を塞ぎて愛し子《いとし子》を置き去る母はただ祈るのみ

「満州」に生まれし妹寿命なく赤き手袋リュックの底に

ソ連兵に時計さし出しわれらを庇う男装の母声ふるわせて

力つき逝きたるを一つ部屋に並べ悲しきことが日常となる

「満州」の難民たりし幼われ麻袋《マータイ》担ぎ路地さ迷いき

甲板に大陸に向け叫びにき詫びと恨みとのこもごもの声

眺めいて山はみるみる緑増し甲板に流れき〈富士山〉の歌

「満州」を引揚げて来し佐世保の夜泣きぬ笑いぬ怒りぬ詫びぬ

結末は棄民とされし開拓民満蒙開拓国策愚か

＊

「満州」の土となりたる同胞の叫ぶ声聞ゆ耳を澄ませば　（朗読）

棄民は歌う

罪ふかき満州開拓伝えんと体験もとに短歌に詠みぬ
短歌を歌集に著す できるのはここまでなりとわれは思いし
『棄民』とし歌集に残せど知る人もひもとく人も少なき歌集
はからずも合唱指揮者の高橋さん『棄民』の短歌に目を留めくれぬ
高橋昭弘氏
合唱団戦中戦後に目を向けて何か残さんとその意気昂し
名古屋男声合唱団

高橋さん『棄民』の短歌《うた》を歌詞として創作曲にと思いはすすむ

『棄民』より十九首の短歌選ばれていよいよ曲へと合唱団は

朗報を繰り返し読む作曲は岡田京子さんに決まりしことも

合唱団作曲者交え連日に侃侃諤諤《かんかんがくがく》議論をせしと

『棄民』の曲楽譜となりて届きたり悔しくもわれ楽譜が読めず

合唱に挿む棄民の背景の松崎さんの手記の悲しも

棄民コンサート延期となる

指揮者よりコロナ禍のため自粛して演奏会を延期にすると
三密は合唱団には致命的まとめの練習できず延期に
コロナ禍で棄民コンサート延期さる中止にあらず希みをもたん
コロナ禍に団員それぞれ籠もりいて楽譜を前に声上げおるや
十月二十五日に予定せしコンサート家族の期待も日延べとなりぬ

コーラス部に楽譜の読める友のいて一小節を歌いくれたり

コロナ禍の完全終息いつの日ぞ合唱団は焦りおるらん

わが短歌《うた》が歌詞になりたるコンサート生《なま》の歌声聴ける日はいつ

棄民コンサートどうしても開きたいと指揮者の固い決意は届く

罪ふかき満州開拓亡き妻の遺影を抱きて歌声聴かん

きっとくる棄民コンサート聞ける日が高齢のわれコロナを憎む

再びうたう満州開拓

一、ハルビン

飛ぶ下は満州開拓難民の集団自決のありたる辺りか

ハルビンの道辺にコスモス揺れており開拓難民鎮魂の花

松花江ゆったり流るるこの岸にかつて難民母子自決せしとぞ

前見つつ颯爽と来るハルビンの少年笑みて「こんにちは」とぞ

ハルビンの街路に西瓜積まれあり開拓民も作りし西瓜

長春へ満州鉄道難民の幻ふわり追っ駆けてくる

農場に牛馬の見えず人見えずひもじき難民瓜掠めしか

入植地は確かこの辺東《ひんがし》に満州鉄道に西に大き日

大陸に沈む夕日が溶け出して天地《あめつち》をいま結ばんとする

水路沿いに柳のありしこのあたり張さんの馬車に揺られ通りき

張さんの汚れたる顔尋めゆけど会えるはずなく帰り来たりぬ

満州は幻と消えどこまでも畑は続く馬鈴薯の花

長春に遺る建物の荘厳に傀儡国家の権力をみる

マンションか建築現場の縦横の竹の足場をわたるは女《おみな》

工事場にカメラ向ければ両の手で罰点つくり顔背けたり

ニーハオと木陰に憩う老人に声掛く過去にこだわるわれは

満州の村ありしところ中国の民ら暮らしてふるさととなす

二、白地図

午後四時に日の陰る谷疎みつつ父が描きし満州の夢

国策にのりて貧農満州へ村長の口説きのみたる父は

象山の思想に惹かるる父なりき満州開拓理屈の一つ
佐久間象山

分村をしてもと意気込み募りゆく拓士は村に三家族なりき

光枝さんは満州ゆきの意志固く養女となりて願い叶いぬ

うやうやしく母の実家に頭を下げて満州ゆきを告げたり母は

汽車に乗り船にも乗りて満州へ幼きわれはさぞ有頂天

旗を振る満州びとに迎えられ豚饅頭《マントウ》の旨かりしこと

ひと鍬の開墾もせず肥沃地をわがものとせし拓士のわれら

しょうがない《メイファーズ》と言いて笑顔の張さんは侵略者われらの苦力《クーリー》となる

日の出づる東を向きて体操をせし遥か彼方のふるさとを思い

満州はわがものなりと白地図を赤く塗りゆく自習の時間

肥沃土に採れる蔬菜のおおかたは関東軍の糧となるらし

ライライライライライライライと招かれて甘い酸っぱい張さんの部屋

張さんに肩車され燥ぎたり襟に虱の這うを見ながら

張さんは善良にしておおざっぱ十《シー》より上は目分量なりき

文盲の張さんのその取り分をちょろまかすこと度々なりき

汚い臭いと罵詈を浴びつつ張さんは大人《たいじん》のごとき笑顔絶やさず

「さくら」「ふじさん」おぼえんとして張さんはたどたど歌う馬を御しつつ

満州犬われに吠えつき張さんに鞭打たれたり死なんばかりに

虱にもコーリャン飯にもはや慣れて満州は第二のふるさととなる

彼方より草原を馬駆けて来るはるばる祖国の便りを乗せて

満州馬手綱捌きも慣れてきぬ日本生まれの満州育ち

三、棄民

関東軍いずこにか消え四十近き父に赤紙うろたうる母

家捨てて曠野に逃げん朝まだき張さんら競い家具を持ち出す

鶏が啼きて馬鳴き豚も鳴くうれしき日々を捨てて逃げたり

馬を置き家財も置きて着のままに家族六人あてなき家出

罪ふかき楽土の夢より五年半のちに醒めたるわれらは棄民

難民は棄民となりぬ国策の拓士をたやすく棄てたり政府

ソ連機の爆音聞きて身を伏せるソ連に追わるる理由《わけ》がわからず

しゃがみたる母はなにをかひそひそと満州びとに言いて指折る

コーリャンの畑にひとり幼子を満州びとはそっと抱きあぐ

ひとり減りまたひとり減る逃避行少年の日の満州の夏

満州は酷暑の今より暑かった 棄民となって瓜を掠めた

じょうずになな母の耳打ちに瓜を盗り畑を駆ける鼓動忘れず

広大な畑に食べ物実りおりトウモロコシは生でも旨い

幸いにあの逃避行は夏だった腕に噴き出す汗を舐めつつ

破れかけのアンペラ拾い兄弟がかっぱ巻きにて月夜を明かす

難民寮という死に場所に辿り着きあの人死んだと朝来れば聞く

死せる人冬に多かり凍土《いてつち》の穴を埋めゆく満州の土

死体より虱這い出しこの朝の温き死体に移る虱は

南湖のほとり釣り人たちに蚯蚓売るああ逞しき難民少年

なにかよき報せありしか母さんが毛布を刻みリュックを縫える

引き揚げの何も知らねど兄弟でリュックを背負い引き揚げごっこ

張さんの馬車に送られ新京駅へ満州を発つ日のやっと来たれば

無蓋列車にわれらこぞりて乗る時に母は確かむ五人の子どもを

無蓋車にみな無口なり仰向きて祖国へ続く空を見ており

夜の更けて引き揚げ列車にぽりぽりと食む音するは南瓜の種か

腹巻きに潜むる紙幣一枚に時に手を遣る引き揚げ列車

引揚げ船に九州の山見えしときおみな泣き伏すどこに帰ると

上陸の間際に友のひとり逝きぽんぽん舟で沖へゆきたり

列つくり伝染病の検査受くコレラ菌出て上陸延びる

四、紙芝居

還りきて母子六人おずおずと敷居を跨ぐ「よかったのう」と祖母

軍帽にだるま水筒リュック背負い母のうしろで頭を下げし

丼のさつまいもカレー掻っこんで五人兄弟満腹となる

中学に夏休みきて紙芝居作りき満州を語らんとして

満州をわれは得意に語りしに母は俯き口を閉ざしぬ

一斗沢砂防工事のニコヨンにもっこ担ぐは男装の母

収容所より還り来たれる父見えてわれの叫べば手を上ぐる見ゆ

天伯へまた開拓に行くという父四十六われは十六

五、夢

阿智村の満蒙開拓記念館妻と連れ立ちドアを押したり

外相の訓令文書満州の居留民なお定着の方針と
昭和二十年八月十四日

大本営参謀報告書満朝ニ土着スル者国籍離レルモヨシトス
昭和二十年八月二十六日

十六歳になったばかりのみすずさん残留婦人となるを選びし

貧農に楽土と勧めし国策の結末哀れ拓士は棄民

秋男とはコーリャン畑で別れたり満蒙開拓国策愚か

満州に置き去りにせし馬三頭また夢に見る七十年経て

西方をわが望むとき満州が大人《たいじん》のごとき張さん思ほゆ

跋——鎮魂・祈念の碑

橋本喜典

佐々木剛輔さんから「第三歌集を出したい」という手紙をいただき、間もなく届いた歌集稿の表題を見て、一瞬、私はと胸を衝かれた。旧満州の地図のうえに「棄民」と何気ない感じで置かれたこの二字に込められた佐々木さんの思いが、一瞬、胸を衝いたのである。なんと赤裸々な、大胆な歌集名か。そこには「国家」から見棄てられた「民」の言いようのない悲歎の念と、「民」を見棄てた「国家」への限りない憤怒の思いとが込められていると、私には感じられたのである。

この歌集稿は私と佐々木さんの間を三、四回往復したのち、出版社にわたされた。やがて出た校正刷りを読みながら、私は幾度か溜息をついた。作品の不足を直すという作業なしに読みながら、「棄民」の現実が迫ってくるあの当時の少年佐々木剛輔の環境と心の状況とが、しばしば私を立ちどまらせたのである。

いま私は、「少年佐々木剛輔」と書いた。佐々木さんは昭和九年九月生まれ。同十七年、満州にわたったときは八歳の国民学校二年生で、二十一年、日本に引き揚げてきたときもまだ十二歳だ。昭和三年生まれの私は「最後の戦中派」という自覚があるのだが、佐々木剛輔が苦難の渦中にあった五年間は私などの比ではない。それこそ「戦中派の少年」だったのだと、つくづく思わされたのである。

佐々木さんの既刊二冊の歌集『謝謝』（平成18）と『赤土の丘』（同23）は、「満州」と、引揚げてきてからの開墾および農業とが主要なテーマであった。このたびの歌集は、右二冊から満州関係の歌を集め、さらに二百余首を加えたもの。以下、初めて佐々木さんの満州詠に触れる読者のために、右二冊に書かせていただいた跋文と多少の重複のあることをおことわりしておきたい。

佐々木さんの父上一二氏は長野県下伊那郡で農業を営んでいた。満州事変（昭和6）後、日本は満州へ農業移民団を送り始める。国内の農村窮乏の緩和と、一旦緩急あらばの軍事的目的をもっての国家的政策であった。満蒙開拓（義勇）団とよばれた。一二氏は下伊那地方を中心に組織された信磨《しなま》開拓団の副団長として拓士募集に奔走し、昭和十七年、一家（母・姉、三人の弟）で満州にわたった。満州人（中国人）から五町歩ほどの肥沃な土地を接収し、王道楽土を夢みての生活がはじまる。

ひと鍬の開墾もせず肥沃地をやすやすと得しか見渡すかぎり
一躍して大地主とはなりしなり信州山間《やまあい》三反百姓が
土地とられ悔しさ堪《こら》うる張さんの作り笑顔をわれは忘れず
父母《ちちはは》ら煉瓦で建てし学校は信磨《しなま》開拓国民学校
新しき煉瓦の学校複式で開拓の子ら三十五人
白地図の「満州」に赤き色を塗るぬり絵あそびは遊びにあらず
赤々とストーブの燃え二重窓防寒服脱いで学習
頰を染め手作り橇に興ずるは日本生まれの「満州」育ち
子どもらは満州馬のやさしき目に近づき跨る男子も女子も

右の三首目にある「張さん」はこの歌集のさまざまな場面に出てくる。私は特定のある個人の名前かと思っていたが、そうではなくて「満州の人」の意味だと知った。信州の山間の貧農が、耕すこともなく肥沃な土地の大地主になる。「満州の人」から奪ったのである。国家間の政治の問題など何知らぬ少年だが、張さんの「作り笑顔」の裡にひそめられた〈悲劇〉は感じとっていたのである。

同じことは白地図の「満州」を赤く塗る「ぬり絵」にも、遊びを超えた何かを敏感に感じとっていた。

が、たちまちにして悲劇の主人公は自分たちとなる。

赤紙は「満州」までも追って来て拓士はつぎつぎ戦場へ征く
木銃に鎌を結わえて北方へ三十八歳父も戦士に
棄てられ曠野に散るか留まりて集団自決か揺れたるわれら
「満州」に父の抱きしユートピア五年《いつとせ》にして崩れんとする

日本内地では竹槍で敵を刺し殺すという訓練がなされていた当時、満蒙開拓の拓士らは木銃の尖端に鎌をむすびつけて前線へ向かったのであった。その姿をわれわれ世代はわらえない。何とも悲しく空しい光景として、思うのである。

「棄民となりて」より。

「手をつなげ」団長叫ぶ逃避行コーリャン分けて母の手探しし

畑中に西瓜の見えて足を止む母囁きし盗む手口を
十歳の真夏のかの日「満州」の曠野を逃げて瓜掠めしか
熟れし瓜両手に握り一散に逃げしかのわが鼓動を思う
母見えず泣く声も出ぬ幼子は張さんの馬車にひろわれてゆきぬ
五人の子連れて還りしわが母に迷いなかりしや誰託さんかと
ソ連兵に時計さし出しわれらを庇う男装の母声ふるわせて
「満州」に頼りておりし関東軍部隊に兵なく馬の嘶く

これらは逃避行の一場面にすぎないが、あの、昭和二十年の真夏の満州の野で、満州人の畑から瓜を盗んで逃げたときの少年のはげしい息遣いは、六十余年を経たいまもそのときのまま思い出されるのだ。また、五人の子の誰を捨てようかと母の心に迷いはなかったのだろうかという歌は、当時の母の心の深処をさぐるという切なさに耐えて詠った一首であろう。痛切である。

「引揚げて」より。

教室に弁当消ゆることありてちらりちらりの視線怖かりし
うす暗き納屋の柱にぶら下がるだるま水筒をまた撫でんとす

軍帽脱ぎ農となりたる父しみじみと麦藁帽子が似合うと言いき
「満州」の開拓現地の黒き土永く待ちいし父母に供うる
開拓民われら現地に留まるを望みておりしかわれらの政府は

「国民学校」はまた「小学校」と名称がもどり、佐々木少年も地元の小学校に通いはじめる。が、この引揚げ少年に級友たちは必ずしもあたたかではない。誰かの弁当が見えなくなるとつめたい視線が向けられるのである。学校が嫌いになる。納屋の柱にぶら下がっているだるま型の水筒は満州から日本へ、離すことのなかった命の水筒だ。「また撫でんとす」に無量の思いがこもる。三首目は、やっと父と笑顔を通わすことのできた平和の歓び。

四首目は、長年の望みがかなって、平成十三年九月、開拓の現地を訪れたときの三十四首中の一首。開拓地の黒い土を封筒に入れて持ち帰り、両親に供えたのである。そして五首目。

平成二十五年四月、長野県下伊那郡阿智村に初めて「満蒙開拓平和記念館」が国家ならぬ民間の手で竣工。伊那谷は佐々木さんの生れ故郷だ。逸早く訪れた佐々木さんはそこで驚くべき事実を知ったのだ。「あとがき」を読んでいただきたい。「昭和二十年八月十四日　日本外相訓令」「昭和二十年八月二十六日大本営参謀報告」は、当時満蒙開拓者たちの、現地定着の方針を図ったのであった。「私は満蒙開拓平和記念館でこの事実を知って、憤怒で身を熱くした」と、日ごろの穏やかな佐々木さんは書いているのだ。

朝鮮や（満州を含めての）中国各地から、あるいはシベリアや南方の島々から日本に引揚げてきた人々の体験詠は、戦後、さまざまな場で発表され、中にはすぐれた短歌文学作品として長く読みつがれる筈のものも少なからず生みだされた。私たちは、日本人なればこその「歌の力」としてそれらを持つ。その貴重な宝の一つに、いま歌集『棄民』が加わった。満蒙開拓団の家族の一人として海を渡った少年が、六十余年後にまとめた歌集。ここには、父母姉弟や運命を共にした同胞《はらから》たち、また張さん（満州の人たち）への篤い思いがゆたかな記録詠として刻まれた。

満蒙開拓団の人々への、これは短歌による鎮魂・祈念の碑《いしぶみ》にほかならない。

二〇一三（平成二十五）年七月七日

あとがき

私は「満州」にこだわり続けてきた。「満州」の五年が忘れられない。

「満州」を過ぎたることとするなかれ「語れ」と父は額より見下ろす

「満州」の体験を語らなければならない、伝えなければならない、残さなければならない、と思うようになった。

引揚げて、中学生のときに作った二十六枚の紙芝居「満州の思い出」が役にたち、定年退職後、絵本『シェシェ チョウさん』を出版した。

更に細かく伝えたい。そんな時、思いついたのが短歌であった。農業に励みつつ短歌を作っていた父を思い、私にもできるかも知れないと思った。そこで「朝日カルチャーセンター通信講座短歌教室」に入会した。やがて、「まひる野会」に入会し、「NHK短歌友の会」に入会し、「満州」の体験を詠んできた。(このような内容は短歌で表現することは適当ではないという声も聞こえたが)。

そして歌集『謝謝』『赤土の丘』を出版した。そこに発表した「満州」関係の歌にさらに二百余首を加え、改めて、順序立てをしここに再編集したのが本歌集である。また歌の情景を眼で見て貰おうと、紙芝居の絵と実際の写真とを加えた。

特に伝えたいこと、詠み残したいことは二つである。

一つは国策の名のもとに、開拓団は軍隊に続いて中国を侵略した。土地を接収し、その上「満州」の人たちを見下げ、悲しい思いをさせたことである。

二つは国策のもと開拓者は辛苦を重ねたが、その果てには棄民となったことである。棄民とは、広辞苑によれば「見すてられて国家などの保護下にない人たち」のことである。まさに敗戦によって開拓者は「満州」の地に棄民となったのである。

この重いことばは、悲しいことばの「棄民」を第三歌集の歌集名とした。

内容Ⅰ「国策にのりて」とⅡ「棄民となりて」は、あったこと、見たこと、聞いたこと（難民寮などで）、また両親、兄弟との語らいの中で「そうだった、そうだった」と確かめ合ったことなどである。広い「満州」のことだから生活も逃避行も、そして「満州」の人も様々であったと思う。私の体験は一例であるが、決して決して風化させてはならない、伝えなくてはならない、詠み残しておかなくてはならないと思ったのである。Ⅲ「引揚げて」は生きて還った者として「満州」を伝えていく義務があると考え「語りべ」をとおしての実践と、侵略、差別、戦争、平和への思いを詠んだ。

私たちの信磨《しなま》開拓団は新京市（「満州」の首都）から百キロ前後の所であったと思う。敗戦後の避難には比較的恵まれていた。開拓地を逃げてから五・六日で辿り着いた難民寮は（西雲寮といっていた）新京市の郊外であった。この難民寮に疲れ果てた開拓団の人たちが後から後からと避難してきた。私たちの何倍もの艱難を経て難民寮へ辿り着いた人たちであった。この歌集にはこれらの人たちから聞いた悲しい話も含まれている。

この歌集『棄民』のいたるところに出てくる「張さん」は特定の人ではなく、私の出会った「満州」の人一般である。開拓団が土地接収し、見下げていた「満州」の人たちはどこで出会った人たちも善良で親切であった。連れ切れなかった幼子を残留孤児として育ててくれた「満州」の人には下心があったとは思いたくない。

敗戦となり、接収した土地を「満州」の人たちに返したことは当然であるが、私たち開拓民は関東軍にも国にも見放されて棄民となった。その後を国は保護をしてくれていないのである。引揚げて親戚には迷惑をかけたが、みな温かく迎えてくれた。しかし国はどうであったか。

昭和二十年八月十四日　日本外相訓令
「居留民は出来得る限り定着の方針を執る」
昭和二十年八月二十六日　大本営参謀報告
「満朝ニ土着スル者ハ日本国籍ヲ離ルルモ支障ナキモノトス」

敗戦後日本政府は満州・朝鮮に住んでいる人たちを現地に留まらせる方針をとったのである。また、日本国籍から離れてもよいとの考えでもあった。私たちの引揚げ措置を講ずるのではなく現地定着の方針をとったのである。私は満蒙開拓平和記念館でこの事実を知って、憤怒で身を熱くした。

退職後、平成九年豊川市の「戦争の語りべ」（現在は「平和の語りべ」）ボランティアに登録し小中学校の子どもたちに「満州」を語り続けている。神妙に聞いてくれる子どもたちはいつの日かまたきっと私の話を思い出して平和の尊さを感じてくれるものと信じている。

この歌集を編集している平成二十五年四月、私のふるさと伊那谷に満蒙開拓平和記念館が設立開館された。民間の人達の尽力によってである。戦後七十年近くしてようやく成った全国唯一、初の満蒙開拓平和記念館である。遅きに失した感はあるが、満州開拓者の長く長く待ち望んでいた記念館である。全国から多くの人達が訪れ満州開拓者の実態を知ってもらいたい。

NHK短歌友の会では篠弘先生から「よいテーマなので大事にしなさい」と励ましていただき、勇気をもらいました。

長い間こだわり続けてきた思いをこの歌集『棄民』に纏めることができたことによって、自分への責のおおかたは果すことができたと思っている。

この歌集の刊行に当たっては橋本喜典先生にはご静養中のところ歌稿にお目

をとおしていただき、ご助言をいただき、そのうえ前二歌集につづいて跋文・帯文をいただきました。ありがとうございました。心より御礼申し上げます。
また出版に当たっては現代短歌社社長道具武志様、直接的には今泉洋子様に前二歌集につづいてお世話になりました。ありがとうございました。

二〇一三（平成二十五）年七月三日

佐々木剛輔

佐々木剛輔略年譜

一九三四（昭和九）**年**
長野県下伊那郡富草村に生まれる。
一九四二（昭和十七）**年**
国民学校二年生のとき、信磨村〈集団開拓団〉の一員として家族は「満州」へ渡る。父副団長。
一九四五（昭和二十）**年**
十歳の夏、棄民となり曠野を逃避行。
一九四六（昭和二十一）**年**
家族六人無事に引揚げる。
一九四七（昭和二十二）**年**
父、シベリア抑留を経て引揚げる。
一九四九（昭和二十四）**年**
中学三年生のとき「満州」での体験、引揚げ体験を紙芝居にする。
一九五〇（昭和二十五）**年**
中学卒業。家族で豊橋天伯原へ開拓入植。
一九五三（昭和二十八）**年**
三年遅れて、高校進学。
一九六一（昭和三十六）**年**
小中学校教員となる（〜一九九五年）。
一九八二（昭和五十七）**年**
父が謝罪に中国の開拓現地を訪れる（七十七歳）。「これで私の戦後は終わった」と父は言った。
一九九五（平成七）**年**
「満州」の体験、引揚げ体験を絵本『シェシェチョウさん』（近代文芸社）として出版。
一九九七（平成九）**年**
「戦争の語りべ」（豊川市平和都市推進協議会）にボランティア登録。以後、小中学校、老人会などで「満州」「引揚げ」を語る。
一九九八（平成十）**年**
短歌結社「まひる野」に入会。

二〇〇一（平成十三）年
旧満州開拓現地を訪れる。
二〇〇二（平成十四）年
舞鶴引揚記念館（舞鶴市）を訪れる。
二〇〇六（平成十八）年
第一歌集『謝謝』（短歌新聞社）出版。
二〇一一（平成二十三）年
第二歌集『赤土の丘』（短歌新聞社）出版。
二〇一三（平成二十五）年
満蒙開拓平和記念館（長野県下伊那郡阿智村）を訪れる。
第三歌集『棄民』（現代短歌社）出版。豊橋市の小中学校五十八校に寄贈。
二〇一七（平成二十九）年
第四歌集『天竜の流れ』（現代短歌社）出版。
二〇二〇（令和二）年
創作曲「棄民」の初演が新型コロナウイルス感染症への配慮で延期となる。
二〇二一（令和三）年
第五歌集『満蒙開拓国策愚か』（現代短歌社）出版。
二〇二二（令和四）年
十月、愛知県芸術劇場コンサートホールにて、創作曲「棄民」の初演が実現する。

文庫版解説

鎮魂とは何か

染野　太朗

佐々木剛輔氏の満州詠の、現時点での集大成と言えるこの『〈新版〉棄民』には、第三歌集『棄民』の橋本喜典氏による跋文もまた改めて収録されている。「最後の戦中派」を自認する橋本氏によるこの文章は、佐々木氏と同じ時代を生き抜いた者としての鋭くあたたかい眼差しをもって書かれている。その末尾に次の一文がある。

満蒙開拓団の人々への、これは短歌による鎮魂・祈念の碑《いしぶみ》にほかならない。

この力強い断言に私は胸を打たれた。そして『〈新版〉棄民』も変わらず、まさに「鎮魂・祈念の碑」なのである。その点において、橋本氏の跋文こそがすべてであり、歴史的事実の解説なども含めて私が付け加えるべきことなどなにひとつないのだが、本稿では橋本氏による右の一文にこだわり、本歌集の表現の細部を検討することによって、「鎮魂とは何か」ということを私なりに考えてみようと思う。

＊

第Ⅰ章「国策にのりて」の小見出しが「「満州」へ」、「入植」、「くらし」と続くように、本歌集では基本的に、時系列に沿ってテーマごとに連作が展開する。だから読者はおそらく、ドキュメンタリーフィルムを観るようにしてこの歌集を読み進めることができる。つまりその場合、物語を読むときのように、満州における出来事の特異性やその展開のすじ道、そこにあらわれる心情などを主な読みどころとして歌と向き合うことになる。ただ、出来事や心情ばかりが大切なのであれば、それを伝える手段は短歌である必要はないように思う。小説や映像作品で十分だ。けれどもこの歌集からは、それが短歌であることの必然性がまぎれもなく感じられるのである。

荒縄に梱包したる家財具に「満州」ゆきと荷札結ばる
ニーハオと小旗ふりふり迎えくれきわれら開拓団「侵略者」なりしを
ひと鍬の開墾もせず肥沃地をやすやすと得しか見渡すかぎり

一首目、荷物が「「満州」ゆき」であることや家財具ごと一家で移り住むのだというその事実を示すためだけの歌では決してない。この歌の眼目は「荒縄」にある。荷札とともに、この荒縄こそが作者の目に焼き付いているのである。太く毛羽立った荷造りのための縄にまずフォーカスされることで、そのときに作者が見たはずの荷物の質感がよりいっそうはっきりと、具体的に伝わってくる。この荒縄は、あるいは未来に待ち受ける困難の象徴なのかもしれない。細部が全体を活かすということの好例がこの「荒縄」には見て取れると思う。

二首目、相手が侵略者であるにもかかわらず歓迎の姿勢を見せる現地の人々。その歓迎の裏にはもしかしたら、恐怖や、それゆえのへつらいがあったのかもしれない。作者の罪悪感ももちろん感じる。それこそがこの歌の要《かなめ》だが、しかし、この一首を背後で支える表現上の要はきっと「小旗ふりふり」だろう。「侵略者」と現地の人々の対比、そして当時の日本の国としてのありようこそがこの歌の主題であることは間違いないが、それをひとつのシーンとしてまとめ上げているのは、そのときの現地の人々のこの動作の具体であり、それこそが「「侵略者」なりしを」に込められた思いや現地の人々の心情の、ある種の象徴のようになっていて、歌を立体的に仕上げている。このたった七音に短歌の力がある。

三首目にも作者の、ほとんど怒りに近いような罪悪感を読み取ることができるが、ここで注目したいのは結句だ。「見渡すかぎりの肥沃地を」などといった表現ではなく、倒置の形をとって最後に置かれることで、そのときの視野の広がりが印象付けられ、余韻が生じ、だからこそその広がりには、とりかえしのつかないことをしてしまったのではないか、といった作者の茫然としたような意識をも読み取ることができるはずだ。

つまり私は、細部への眼差しや語の構成が際立たせる、一首が喚起するすぐれた臨場感についてここで語りたいのである。この歌集に並んだ一首一首の、確かな観察眼と技術によってもたらされる臨場感に、私は大いに注目する。

サイドカーに厳《いか》つき憲兵疾走す家鴨飛び立ち馬嘶きし
酷寒に糞尿凍てつき山なすを鶴嘴に砕きもっこで運びし

張さんは鞭を振りふり馬を御しさくらさくらと〈さくら〉を歌う
炎天の曠野に倒れし幼子の眼《まなこ》に蠅は卵産みゆく
棄民となりわれら曠野に散りゆきぬありったけの飼葉を馬に与えて
軍服に毛布を刻みリュックを作る忙しき母に明るさの見えく
無蓋車にだるま水筒抱え込みひと口飲みては固く栓をす
いよいよに大陸離れん引揚げ船エンジン鳴る音錨巻く音
引揚げの家族六人は穀潰しか生家の引戸にひそと手を掛く
さつまいも二つに割れば黄色くて両方食べし戦後の幸せ

右に挙げた歌などは特に、一首だけで読めば、苦悩や葛藤ばかりが観念的に先立つ歌ではない。それよりもまず、その場その時の様子があまりにも生き生きと（つまり生々しく）、具体的に再現されていることに驚く。韻律にもその特徴はあらわれており、例えば五首目の第四句「ありったけの飼葉を」の破調からは、飼葉の量も馬への愛惜もはっきりと伝わってくる。また、最後の歌の「二つに割れば」や「黄色くて」は、たいへんにシンプルな措辞でありながら、さつまいもの質感を伝えて過不足がなく、作者にとっての「幸せ」のありようを非常にわかりやすく歌に定着させている。

先に私は「鎮魂とは何か」という命題を大きく掲げた。本来はおそらく、そこに明確な答えなどないのだと思う。にもかかわらずこの歌集を読むと私は、橋本氏がかつて熱く述べた先の一文とまったく同じ感覚を、はっきりと得ることができるのである。そこにはきっと、この歌集の一首一首が示す臨場感がかかわっている。

＊

私たちはこの歌集を読みながら、そこに描かれた場面を、あたかもその場その時にいるかのようにして、リアルに追体験できる。そしてその体験のリアルさの質を決めるのは、出来事の特異性や展開のすじ道ではない。その物語を思考によって、ときに善悪の価値判断を加えながら理解することでも、想定される心情を論理によって導くことでもない。それはきっと、肌感覚として迫る臨場感そのものなのだと思う。読者の想像力を直接に刺激する臨場感が、追体験をよりリアルなものとして完成させる。作者が歌に表出させた、回想によって詠まれたとはとても思えないような臨場感によって、私は歌の場面のひとつひとつを生々しく体験することができる。すなわち、この歌集に込められた、決して消えることのない強く複雑な苦悩や葛藤そのものを、現在のものとして、息を呑むようにして追体験することができる。

今はもうここにはいない人の思いや、もう変えることのできない過去の出来事を、追体験という形で分かち合うこと。歌が描く苦悩や葛藤を、今を生きる者がリアルに共有すること。たとえ過去の出来事自体は変わらなくとも、分かち合うとか共有とかいったことが、その出来事を体験した人の思いを昇華させる場合があるのを、私たちは日常的に経験している。つまりその分かち合うや共有といったことこそが、部分的にではあるにせよ、「鎮魂」ということなのであり、本歌集の歌はまさにそれを達成しているのではないかと私は思うのである。

＊

最後に本歌集の冒頭の二首を見ておきたい。

国策の満州開拓に父はのり幾多の罪を詫びつつ逝きぬ

「満州」を過ぎたることとするなかれ「語れ」と父は額より見下ろす

作者は短歌において、父親の言葉を忠実に実践していることになる。作者の歌が喚起する臨場感は、「満州」を過去に押しやることがなく、むしろそれを現在のものとして再現しつづけている。それは絶え間のない鎮魂の作業なのであり、その鎮魂の思いはまず誰よりも、作者の父親に向けられたものなのだと思う。

文庫版後記

この文庫本『〈新版〉棄民』は歌集『棄民』と『満蒙開拓国策愚か』二つの歌集を纏めたものです。

日本は、およそ九十年前、中国に侵攻して満州国を建国し、国策として多くの人を送り込みました。私の父も国策にのり家族で満州へ渡りました。父には大きな志があったと思いますが、直接には伊那谷の貧しい農家から抜け出すべく広い満州に憧れたのでしょう。しかし、実際は満州の人たちの尊い土地をただ同然に接収したのです。満州の人たちは仕方がないとクーリーとなり、そのあげく臭い汚い読めないと見下げられていました。

終戦間際、関東軍は開拓民を棄てて姿を消しました。私たちは土地を返し、大陸を逃げ、残留孤児残留婦人になった人達や亡くなった人達が大勢いました。私の家族は運よく還ってきました。私はこれらの見たこと、出会ったこと、難民寮で聞いたことを後世に伝えなくてはならないと思うようになりました。満州の語りべとなり、紙芝居、絵本、歌集を作りました。歌集『棄民』を出版して、満州を伝えるために私にできることはこれまでと思いました。それが思いもよらず名古屋男声合唱団指揮者の高橋昭弘さんが『棄民』の短歌に目を留めてくださり、岡田京子さんの作曲で十九首が創作曲になりました。練習を重ねられ、演奏会の日取りも決まりましたが、残念なことに、コロナ禍により延期になりました。合唱団のみなさんは諦めずにいて下さり、ようやく昨年の秋、「棄民」の初演が愛知県芸術劇場コンサートホールで開催されました。

その後、再演を求める声が上がり、二〇二三年十月七日（土）、阿智村中央公民館において「満蒙開拓平和記念館十周年記念　名古屋男声合唱団演奏会in阿智」として再演が決まりました。私にはうれしいことで何かお役にたつことはないかと思い、『〈新版〉棄民』を文庫本にし、寄贈させていただくことにしました。

この文庫本は橋本喜典先生の跋文、染野太朗様の解説、現代短歌社の真野少様の助言によって出来上がりました。御礼申し上げます。

二〇二三年六月

佐々木剛輔

本書は二〇二三年、現代短歌社より刊行された歌集『棄民』に、歌集『満蒙開拓国策愚か』（二〇二一年、現代短歌社刊）より一〇七首を追加収録したものである。

GENDAI
TANKASHA

歌集〈新版〉棄民〈現代短歌社文庫〉

令和五年六月三十日　初版発行

著　者　佐々木剛輔
発行人　真野　少
発行所　現代短歌社
〒六〇四―八二一二
京都市中京区六角町三五七―四
三本木書院内
電話　〇七五―二五六―八八七二
装　訂　かじたにデザイン
印　刷　創栄図書印刷

定価八八〇円（税込）
ISBN978-4-86534-408-0 C0192 ¥800E